DU MÊME AUTEUR

D'UN CHEVAL L'AUTRE, Gallimard, 2020; Folio, 2021.

LES CANTIQUES DU CORBEAU

BARTABAS

LES CANTIQUES DU CORBEAU

nrf

GALLIMARD

À celles qui m'ont enfanté
Et qui errent sans sépulture

Le soir au coucher, mon grand-père contait à l'enfant que j'étais des histoires écrites à la place des bêtes. Des contes terrifiants qu'il lisait d'une voix sourde, enjouée ou menaçante. Je croyais alors que les « animots » étaient des êtres doués de parole. J'étais envoûté par ses sourcils qui dansaient comme des corbeaux sur son front. Plus il parlait fort, plus les corbeaux se soulevaient et se dressaient ; surprenante sérénade aux accents pointus. S'il riait méchamment, les oiseaux noirs s'envolaient haut, s'il plissait les yeux en baissant la voix, ils ouvraient leurs ailes et planaient en fredonnant. À la fin, quand il claquait le livre comme on ferme un chant ouvert et qu'il approchait son visage pour quémander un baiser, je tentais d'attraper un des deux oiseaux sombres. Il me filait toujours entre les doigts.

Il m'aura fallu une vie à côtoyer les chevaux pour comprendre que cet autre est un peu de moi-même. Les bêtes ont perdu leurs mots pour raconter leurs histoires, et l'animal que je suis, s'il possède le langage, ignore son premier récit, celui de la genèse. L'esprit humain a-t-il voulu à jamais oublier la honte de n'avoir été qu'une proie sans défense ?

La nuit, l'animal me regarde et je lis dans ses yeux de nobles histoires, des chants qui m'invitent au voyage.

⋆

La revanche est le substrat
qui nous a permis de devenir
le prédateur absolu que nous sommes.

PREMIER CHANT

Naissance

Je suis venu de l'eau, bactérie issue d'un torrent. Habitant ma sphère, je nage dans les méandres. Me sont sortis, au lieu de nageoires, quatre membres et des mains. Je vais aveugle à la recherche de la lumière qui m'effraie. Et voilà que je chute dans une vague, peut-être une avalanche. Mon cœur comme la mer jamais ne s'arrête. Ma tête déjà trop lourde m'entraîne. Je suis emporté par le flot ; aspiré par un trop-plein de vie qui me pousse à quitter ma demeure, je crève la poche de mon existence et tombe dans la clarté des astres.

Je suis venu de l'eau et me voici sur terre.

J'inspire l'atmosphère du monde et, alors

qu'apparaissent les larmes, preuves de mon accomplissement, je pousse un cri à la face du soleil.

Ce cri, première adresse aux vivants, est entendu très loin. Mais ni les suricates, ni les lémuriens, ni les chiens sauvages n'osent s'approcher car déjà l'aigle de mer, prenant appui sur la houle du ciel, plonge comme un trait à travers l'espace. Avec la grâce d'un soupir, sans haine ni remords, il saisit du bout des serres mon corps flétri et dans un même élan m'arrache vers le Très-Haut.

⋆

Nous, les hommes,
aspirons à voir monter aux cieux
une partie de nous-mêmes.

DEUXIÈME CHANT

Corps à corps

Le ciel est double au bord du lac. Une légère brise caresse la rive, elle fait danser les fleurs la tête en bas, tirant sur leurs racines. Tapi au bord des marécages, je dois contenir l'air dans mes poumons pour ne pas céder à l'étreinte.

La lumière horizontale transforme les nuages en buissons ardents. Là-bas une antilope broute son ombre alors qu'un couple d'outardes partage son territoire.

Ma poitrine se comprime à mesure que j'expire.

Depuis des heures j'observais sur l'autre rive un vieux gnou solitaire parfaitement immobile. Fasciné par ce sage barbu aux cornes recourbées dont le regard me semblait révéler les pensées, je n'avais pas vu le titanoboa ramper hors de l'eau. En un éclair, il m'avait enlacé avec majesté.

Maintenant, à chaque expiration, ses anneaux se resserrent sur moi. Je sens la froideur de cette peau lisse aux écailles inversées dont les prunelles brunes se dilatent au rythme de mon cœur.

Mes tempes sifflent sous la pression de l'implacable étreinte. L'humeur aqueuse envahit mes pupilles. Là-bas le gnou, toujours immobile, me fixe sans rancune.

Avant de perdre connaissance, je vois le boa qui, sans attendre que la mort me saisisse, désarticule sa mâchoire et s'apprête à m'engloutir tout entier.

*

Nous baissons les yeux en apercevant
dans le regard des bêtes
la flamme étincelante.

TROISIÈME CHANT

Offrande

Mes foulées étaient puissantes, heurtées, alternant la propulsion de mes cuisses et l'appui rapide sur les phalanges repliées de mes mains. Depuis le matin je courais après l'éohippus sans pouvoir l'atteindre. Parfois l'animal s'immobilisait comme pour m'attendre, mais à peine je m'approchais qu'il repartait au galop, levant la poussière derrière lui.

Mon ombre me devançait loin devant sur le plateau baigné de soleil, quand, en pleine course, j'ai entendu le craquement sourd de mon os qui se brisait juste au-dessus de la cheville. Mon membre a fléchi et mon corps s'est abattu sur le sol.

Je n'avais pas fermé les yeux de tout le

jour. Affalé sur le promontoire de granit, la douleur cédant à la fatigue, je me suis endormi.

La louve d'un coup de gueule m'a tranché la gorge et offert à la meute qui m'a traîné dans toutes les directions. Les bêtes, obéissant à une préséance entendue, se sont emparées du fruit de mes entrailles. J'ai cru reconnaître le couple de dominants qui s'éloignait avec mon foie quand les autres se disputaient ma rate et mes reins. Plus tard, ce fut au tour des hyènes tachetées de s'enfuir la queue basse avec mes viscères. Cette nuit-là, d'autres encore, dont les coyotes, s'invitèrent à ma table.

*

De tous nous fûmes l'animal.

QUATRIÈME CHANT

Union

Je m'étais réfugiée sur la dernière branche de l'arbre perdu au milieu des roseaux. J'ai eu beau retrousser mes lèvres, dégager mes gencives, faire claquer mes dents et jeter mes cris de défiance, le fauve restait allongé là, avec la certitude que je retournerais à la terre pour assurer son repas. J'ai attendu, perchée des heures sous la chaleur du jour entre ciel et terre, entre vivre et mourir.

Parfois il s'éloignait un peu, faussement détaché, pour revenir en trottant se poster à nouveau, tenace et taciturne. Je pouvais lire dans son regard des siècles de domination sans partage.

Quand est apparue la première étoile, je suis descendue sans trembler, mue par la volonté d'en finir et de défier sa fascination. J'avais vu autrefois comment les lionnes simulaient leurs chaleurs pour désamorcer un conflit entre mâles, détournant leur rancœur en se pavanant d'un air vague et rêveur, essayant des poses.

Alors que la nuit révélait ma présence et que la lune surgie d'un nuage caressait du doigt l'aréole de mes mamelles, je me suis renversée sur le sol devant lui et, offerte comme une cible, j'ai lâché mes urines. Attiré par l'odeur séminale, le seigneur aux cheveux d'or s'est approché de mon ventre humide, l'a reniflé, il a levé les yeux et adressé un mugissement au ciel étoilé.

D'un coup de patte, il m'a retournée et deux cuisses nerveuses se sont collées contre mes hanches. La bête par ses oscillations balançait son corps et, alors que j'inclinais le front vers le sol, j'ai senti son haleine fétide et la bave dégouliner sur ma nuque. Elles avaient la saveur de l'effroi.

Cette nuit-là, avec orgueil, le fauve a défié la loi qui voudrait que chacun reste dans son espèce. Ce fut une union déchirante, extraordinaire ; je m'arc-boutais sous les assauts de la masse noueuse qui gémissait et se convulsait en chevauchant. Plusieurs fois, j'ai vu la mort surgir de l'extase, alors qu'il s'accrochait en plantant ses crocs dans l'arçon de ma nuque.

Enfin, allongé sur mon dos, la taille ployée comme une plainte, il a fermé les yeux et posé sa tête contre la mienne.

Dans la pâleur de l'aube il s'est retiré avec nonchalance et je l'ai regardé s'éloigner d'un pas chaloupé sans se retourner. Avant de m'en aller, je me suis allongée sur le dos et j'ai fait face à l'aurore emplie d'astres et d'éther.

⋆

S'il est vrai que nous naissons
de l'union de deux êtres, nous mourrons
de la désunion d'avec l'animal.

CINQUIÈME CHANT

Métamorphose

Descendant de l'arborescence je me sentais en terrain familier, quand, la nuit tombée, les hesperornis par centaines formaient leurs dortoirs, nichés sur les grands arbres non loin des falaises. Les grappes de fruits sombres laissaient le jour des croûtes blanchâtres sur les branches porteuses. Entre l'arbre et l'oiseau, j'avais choisi de suivre l'oiseau au corps marin.

Je les attendais chaque matin au bord de la falaise, imitant leurs cris rauques, rêvant d'aller comme eux sans laisser d'empreintes. Je prendrais la tête du chevron d'azur, entraînant mes compagnons dans mon sillage. Ensemble nous glisserions dans l'air souple et soyeux. Attiré par la faune sous-marine, je fondrais comme une flèche et disparaîtrais dans les flots, pour émerger en vainqueur, un poulpe effaré dans mon bec.

Aujourd'hui, alors que les embruns salés ont chassé les frimas du matin et que les cormorans aux ailes immobiles planent dans l'espace céruléen, gonflé des forces de ma jeunesse et du pouvoir qu'elles m'inspirent, j'ai décidé d'assouvir mon ardeur.

Je cours à toutes jambes, le buste oblique, sur la portion pentue qui borde la falaise, et m'élance dans l'inconnu. J'ouvre les bras pour me tendre dans l'air et, l'espace d'un instant, je me crois frère de l'immense oiseau noir. Mais très vite, je suis aspiré par le ciel bas. Absorbé par la vitesse de mon corps, je me fracasse contre le sol d'embruns.

C'est d'abord un chaos sonore, puis le choc des vagues, la sauvagerie du courant qui me happe, m'aspire, me rejette et me projette dans le tourbillon des abîmes. Dans le désordre de ma chute, j'ai le temps de voir autour de moi une pluie de flèches verticales, trouant l'azur de leurs sillons d'écume. Poursuivant ma propre capitulation, les yeux en bas, le corps sans objet, je vois à présent le tableau s'inverser; avec une étonnante vigueur les oiseaux torpilles, les ailes repliées, remontent vers la surface, tenant dans leur mâchoire l'objet de leur pêche.

La tête sur la roche sous-marine, je m'évanouis, anéanti par l'écho des profondeurs.

Bien plus tard, échoué sur le flanc d'un récif aux confins de l'océan, du sang s'échappe de mes narines et des nombreuses plaies de mon corps. D'étranges poissons munis de crocs surgissent des bas-fonds pour m'arracher les membres, d'autres au corps interminable s'emparent des parties flasques et nauséabondes qui coulent de mes entrailles. Une myriade de poissons multicolores voletant autour de moi se faufilent dans les plus secrètes excavations de mon squelette pour en débusquer les scories.

Une fois mes ossements écurés, des planctons nomades élisent domicile dans les cavités. Ils forment une forêt pétrifiée de coraux qui accueillera bientôt, une fois par an, le même jour à la même heure, l'inaltérable rituel de la reproduction. Sans en avoir conscience, je rejoins le mouvement de la vie. Une vie dans un corps sans chair ni sang, n'évacuant ni air ni saveur. Une vie battant au rythme immuable d'un autre cœur, mais toujours animée du désir de durer.

L'océan se retire et fait naître les montagnes.

*

La terre que nous foulons aujourd'hui
est le sanctuaire de notre
propre existence fossilisée.

SIXIÈME CHANT

Élévation

Allongé sur le dos, j'étouffe. Mon ventre est un trou noir comme l'intérieur d'un arbre, aspiré vers le ciel. Dans l'exil de mes nuits, ma mémoire trace son vol ; je fonds en rondon sur l'enfant que j'étais et, après l'avoir arraché du sol, le place sur mon dos.

Comme un autour, je rase le sous-bois en quête de mes fantômes. Immobile dans l'air tiède, je balance au-dessus de mon père déchiqueté par un ours brun. Son corps sans tête est recouvert d'un linceul de fourmis rouges.

Je m'élève entre les cimes des saules, au pied d'un tronc gît mon jeune frère, les jambes brisées. Il a chuté en voulant jouer avec les singes araignées. Trois hyènes le dépècent dans la nuit, leurs yeux féroces éclairent le carnage.

Je rame dans l'air glacé et la terre neigeuse glisse à ma rencontre, là-bas ma mère offre sa poitrine à la meute des loups qui la harcèlent. Je traverse l'espace d'un geste épuré, la brume tente de me consoler, des corps se convulsent sur l'herbe humide. De leurs orifices dégouline une mousse verdâtre d'avoir ingurgité les plantes vénéneuses.

Alors, parce que je sais que je ne pourrai exhumer de la terre tous les cadavres qui la hantent, je vais, tourmenté, plus loin dans les hauteurs du ciel, chercher l'éclair qui foudroie, avec la mort sur mon dos.

Ces transhumances nocturnes me rappellent que ma vie diurne sera toujours un long cortège funéraire. Proies et prédateurs sont solidaires dans l'adversité, mais je sais bien, moi, que mon statut me situe assez bas dans l'échelle des espèces. Beaucoup me surpassent par leur capacité physique phénoménale, mais aussi par le raisonnement, la ruse, la pensée. Seule la mort fait de moi leur égal. Comme eux je suis mortel, déjà mort, destiné à la mort. Comme eux je vis pour la mort. Douée d'une énergie éternelle, à la fin c'est toujours elle qui triomphe ; elle est immortelle.

Dans mes songes apparaît un éohippus blanc aux yeux noirs. Fils de l'antilope engendré par un aigle, il a les oreilles tranchantes et les sabots qui claquent. Il tourne la tête et m'invite à le suivre.

⋆

Nous questionnons nos rêves
pour tenter d'en comprendre le sens.

SEPTIÈME CHANT

Sommets

C'est la fin de l'automne, la tribu entame sa transhumance vers la région des grottes. À la traîne et d'humeur vagabonde, je goûte au parfum des feuilles qui s'abandonnent à la terre. Mon corps couvert de croûtes est imprégné des senteurs des forêts.

Une brise porteuse des prémices de l'hiver fait résonner les troncs et les branches presque nues ; elle vient des sommets et c'est vers eux que je m'évade quand je lève les yeux. Ces hauts lieux d'une blancheur immuable emplissent l'horizon de mes pensées. Sans préméditation je cède à l'appel et m'en vais avec pour seul bagage ma solitude.

Je marche devant moi sans écouter mon corps. Je franchis ravins, collines et coteaux, glanant au passage ce que m'offrent les forêts de hêtres et de pins noirs. Pour supporter la soif, je m'appuie sur la mélodie des ruisseaux ; la nuit, je dors sous un tapis de feuilles séchées ou dans un tronc de bois mort.

En traversant une clairière, je surprends un renard tenant dans sa gueule un coq de bruyère. Étrangement, je ne suis moi-même la proie d'aucun prédateur. Peut-être l'humus brunâtre et les sangsues qui recouvrent ma peau masquent-ils mon odeur. Caméléon des senteurs j'avance sans peur, mais alors que mes pas humilient la côte, le froid et le vent commencent à maltraiter ma chair et mes os.

En escaladant les parois, mes pieds et mes mains réunis retrouvent leur savoir ancestral.

Bientôt au froid s'ajoute la faim ; la montagne, après m'avoir offert ses dernières fleurs, l'arnica et la gentiane, ne me laisse que l'humus puis le lichen que je dois gratter sur les rochers. Pour me désaltérer, je lèche la viscosité des pierres noires.

Plus haut, tendu contre la roche, je cherche à m'emplir de l'air devenu rare ; mes poumons s'enflamment et mes entrailles ne sont que douleur. Arrivé sur un promontoire, j'incline la tête vers le ciel, puis vers le très-bas de la vallée et me vois très haut dans l'échelle des vivants.

Engourdi, portant chacun de mes gestes, je reprends l'ascension mais le froid gagne ma chair. Mon corps saisi par les crampes ne peut absorber la gelée du matin qui maintenant perdure tout le jour. Pour m'abriter du vent, accablé de fatigue, je m'endors les yeux ouverts dans les contreforts de la montagne. Le ciel d'azur et la lumière du soleil reflètent la froideur des sommets. Après avoir encore une fois gravi les rayures de la paroi abrupte, j'atteins un plateau et le voilà qui s'offre à moi.

Oubliée la fatigue, oubliées la douleur, la faim et toutes les souffrances du corps ; là, aux confins des cimes, habité par le silence, un silence pour moi seul, je viens de trouver mon royaume.

À mes pieds repose un vaste champ de fleurs d'une blancheur impalpable, un tapis de cristaux vibrant dans les éclats diffus de la lumière venue des cieux. Devant cette vacuité impassible, je laisse entrer en moi le silence et m'emplis de quiétude.

Et comme un tapis n'est pas seulement fait pour être vu mais aussi pour être foulé, je ne peux m'empêcher de déflorer de mes pas l'étendue immaculée. Au fur et à mesure que je pénètre l'espace magique, le sol manque à mes pieds et sans effroi ni précipitation je me retrouve prisonnier de la neige jusqu'au sternum.

Je suis calme, souverain. Mon corps ne pèse plus ; anesthésié jusque dans mes os, je n'existe plus. C'est alors qu'à l'aplomb de mon regard le ciel s'enlumine d'une pluie de cristaux multicolores dans les rayons du soleil. Mon sang se fige. L'air a perdu son poids. Stèle esseulée dans un cimetière désert, j'entre en contemplation.

La neige n'en finit pas de tomber et peu à peu je perds mon ombre.

★

Notre plus grand bonheur
ne se trouve-t-il pas dans
la contemplation taciturne ?

HUITIÈME CHANT

Résurrection

La chienne montrait ses crocs pour attiser son courroux. Le combat fut bref, mais d'une intense violence. Je lui ai saisi la queue avec les deux mains, et dans un mouvement circulaire l'ai fait tournoyer dans l'air avec une telle force que sa tête a éclaté contre l'arête du rocher.

Je me suis emparée du chiot sauvage et l'ai traîné par la patte jusque dans la grotte, où j'allais l'élever avec ma propre géniture. En contrepartie, une fois adulte, il invoquerait ses ancêtres pour s'interposer quand une horde de chiens sauvages viendrait semer l'effroi sur toute la tribu. Ainsi fonctionnait la communauté hybride, bâtie sur le rapt ancestral.

L'adopté s'est vite adapté à sa nouvelle condition, préférant même la compagnie des bipèdes à ceux de son espèce. Bien qu'allant sur ses quatre pattes, il a appris nos gestes et nos coutumes, et en aboyant parvenait à se faire comprendre.

Avec l'âge, ayant vu tous les miens prendre leurs distances, je me suis attachée au chien qui m'est resté fidèle. Nous ne nous quittions plus, nous toilettant l'un l'autre, partageant notre pitance.

Un matin si tôt que s'envole l'aurore, je l'ai vu revenir troué de boue et de sang, acculé par la mâchoire d'une hyène rayée. Il s'est couché devant moi sans pouvoir calmer la peur qui aboyait dans ses veines. Je me suis allongée contre son corps et l'ai encerclé comme une liane protectrice. J'ai passé tout le jour et la nuit accrochée à sa vie. Quand il s'est figé, je lui ai ouvert la poitrine et lui ai mangé le cœur et le foie, que j'ai remplacés par des chardons. Délicatement, j'ai agrandi le trou occipital pour prélever la cervelle. Après l'avoir ingérée, j'ai rempli le crâne de mousse, puis je me suis rendue au pied du grand arbre dont les bras déployés invoquaient le ciel. Mains ouvertes, j'ai éventé l'exhalaison du cadavre posé sur un tapis de feuilles. Avec mes doigts j'ai écorché la terre pour le recouvrir, le protéger de la tempête et du gel, de l'araignée et du serpent.

Passèrent l'automne et son chagrin.

Passèrent l'hiver et son silence.

Vint le premier temps, celui de la résurrection.

Apparut une colonne vertébrale d'où s'extirpa une délicate fleur aux larges pétales, qui palpitait au rythme de mon souffle. J'ai laissé la terre et le soleil l'embellir, et alors qu'un dernier rayon lui rendait hommage, de mes phalanges abîmées, je l'ai cueillie avant qu'elle s'évapore.

Pendant trois jours et trois nuits je l'ai gardée enfermée dans la paume de ma main. Au quatrième, j'ai mis la fleur dans ma bouche et elle a disparu avec mon souvenir.

*

Le bourgeon au bout de la branche
et le papillon de nuit nous enseignent
le cycle éternel ; comment la mort
et la vie s'absorbent pour renaître.

NEUVIÈME CHANT

Sacre

Bien avant que d'être une expression de la joie, le rire fut pour moi synonyme d'effroi ; c'était le rire diabolique des hyènes qui déchirait la nuit.

Je n'ai jamais su pourquoi ces fauves ricanants, que je pensais nés d'une louve et d'un tigre, ne me regardaient pas comme comestible. Peut-être mon odeur s'accordait-elle avec celle, nauséabonde, produite par les glandes entre la base de leur queue et leur anus. Ils m'avaient laissé m'approcher et, jouant avec ma peur, m'avaient domestiqué. Toléré à distance des mâles, eux-mêmes suiveurs des femelles dominantes, je passais de longues heures à les observer en silence. Plus de quatre-vingts têtes vivaient en harde, tous semblaient se connaître et se soumettre aux règles d'une hiérarchie invisible. J'étais captivé par ces maîtresses hermaphrodites au rictus sanguinaire. Leur corps trapu fait en montant, couvert de poils épais, leur crinière courant tout le long de leur épine dorsale, leur mâchoire carrée, leurs oreilles arrondies, leurs yeux enfouis, tout chez elles, bien que disgracieux, me fascinait. En voyant leurs petits venir au monde debout, les yeux ouverts et la gueule pleine de dents, j'avais compris qu'elles m'étaient en tout point supérieures.

Elles savaient suivre les circonvolutions des charognards volants, qui les menaient aux cadavres en putréfaction. Elles ne laissaient que quelques lambeaux de chair noire accrochés dans les contreforts des carcasses que je disputais aux renards et aux rats. Des os brisés à l'aide d'une pierre, je pouvais encore aspirer la moelle.

Mises en confiance par l'acceptation de mon avilissement, elles ont fini par me laisser participer à leurs chasses. J'ai découvert leur technique de harcèlement fondée sur la coopération, j'ai appris à guetter la défaillance de l'animal en fuite et à le traquer sans relâche.

S'élancer dans la curée à la vitesse d'un fauve me procurait une jouissance indescriptible. Mes propres hurlements se mêlaient aux rires sarcastiques de la harde. Mais une fois la proie au sol, la préséance naturelle reprenait ses droits ; assis en retrait, je pouvais voir mes maîtresses d'abord, puis les jeunes mâles, s'emparer du zèbre et le dévorer en moins de quinze minutes, brisant jusqu'aux os de toute la puissance de leur mâchoire. Alors je m'en retournais, bredouille, retrouver les miens. Je m'allongeais dans une excavation rocheuse et laissais des rêves androgynes habiter mon sommeil. La pierre tranchante qui me servait à couper et creuser ne quittait plus ma main, mais mon bras n'était pas encore meurtrier.

Vint cette autre nuit, une nuit d'orage, une nuit sans lune, seulement éclairée par la foudre. Nous poursuivions un troupeau de gnous repéré depuis le matin au bord d'un étang boueux. La pluie qui tombait en rafales faisait pleurer le sol et perturbait l'allant de notre course. Nous avions isolé un jeune gnou égrotant, seulement animé par la volonté de rejoindre son troupeau. Désorientées par ses perpétuels changements de cap, les hyènes en appelaient à leur soif d'en finir. La pluie s'abattait sans relâche. Enivré par la férocité de l'hallali, trop occupé à extraire mes foulées de la piste fangeuse, je n'ai pas vu la pirouette du fuyard.

Me voilà, sans prévenir, face au gnou effronté.

L'orage parcourait l'espace, il pleuvait sur mon front. Sans réfléchir, comme le ciel envoie la foudre, j'ai jeté mon bras et, de ma main ouverte, la pierre aiguisée a fait siffler l'air pour aller se loger entre ses deux yeux.

Tous ont vu l'animal sidéré tomber raide comme la pierre qui l'avait terrassé. Alors, en signe de respect, les guerrières en arrêt, sans même se concerter, m'ont laissé la primeur du festin.

Je me suis approché du corps, j'ai dégagé ma pierre de l'os frontal et, avec son tranchant, j'ai découpé la peau épaisse de ses flancs. J'ai écarté les côtes et plongé ma tête et mes bras dans l'antre chaude et visqueuse. Lorsque j'ai croqué le cœur encore plein de vie, j'ai senti tout mon être palpiter. Je mangeais la vie et je devenais l'égal du fauve.

Le visage couvert de sang j'ai enjambé le cadavre et me suis dressé au milieu de la meute. Ma poitrine se gonflait en soubresauts et j'ai lancé comme un éclair à rebours, du plus profond de mon être, un rire sidéral que la lune et le soleil naissant purent entendre de concert.

Les hyènes médusées se sont retirées, emportant avec elles le souvenir de ce nouvel être entré en prédation.

★

Nous nous sommes investis d'un pouvoir plus grand que nous-mêmes.

DIXIÈME CHANT

Logorrhée

Depuis longtemps déjà, nous n'avions plus accès à la canopée, notre tête devenait trop lourde, notre corps s'était épaissi. En nous redressant, nous avions perdu toute souplesse. Toujours sur le qui-vive, nous échangions par gestes référencés pour évaluer la menace et prévenir l'agression. Dans l'intimité, c'était un langage de mains, de toucher, de caresses ou de coups, parfois ponctué de grognements ou de cris outragés.

Je suis venue au monde sous une lune gibbeuse, et nouveau-née déjà, je riais sur la mousse. À peine ai-je ouvert les yeux, dans la lumière du petit matin, que j'ai perçu les notes perlées de la rosée s'échapper en cadence.

Enfant, je guettais la voix des quatre vents dans les branches feuillues. Bercée le jour par les stridulations des insectes et le ramage des oiseaux, je bruissais la nuit. Couchée sur le dos, je sifflais sans cesse, et comme dans le noir nul ne pouvait me voir, les oiseaux diurnes s'en trouvaient désorientés.

Je n'avais pas encore franchi le seuil de la maturité que déjà je distinguais les chants du rossignol, du merle, de la pie et du rouge-gorge. Je ne faisais pas que les imiter, j'en comprenais le sens. Quand les miens se figeaient de terreur en entendant le rugissement du fauve, je compatissais à l'appel de la lionne qui cherche ses petits. Le brame du cerf dans la nuit m'attirait irrésistiblement. Des lémuriens j'imitais le cri d'alerte, tournée vers le ciel, et je m'amusais de les voir détaler jusque dans leurs terriers. Comme l'éléphant j'ai appris à écouter avec mes pieds les échos de la terre, et mes oreilles retenaient le caquètement muet de l'écureuil des plaines.

De tous les animaux, je connaissais le

langage, un langage fait de cris. Cris de reconnaissance, de défiance, de provocation ou d'attirance. Je savais aussi que s'ils gardaient le silence, un silence porté par la soif, la faim ou la solitude, c'était qu'il n'y avait rien à en dire. Ils n'avaient pas la nécessité d'évoquer leurs existences, ils naissaient avec leur savoir et n'avaient pas à se justifier d'être, il leur fallait juste vivre et mourir pour enrichir leur mémoire ancestrale.

Je n'étais pas comme eux.

Un matin, alors que je consultais le chant brumeux des corbeaux, je fus saisie de l'indéfectible nécessité de dire je, de le dire au présent mais aussi au passé et bientôt au futur. J'irais cueillir des mots pour aller trouver l'autre et parler de moi-même.

⋆

D'où que nous soyons,
nous inventons des langues
pour interroger notre histoire.

ONZIÈME CHANT

Transhumance

Je suis né sur le versant d'une montagne à l'ombre d'un après-midi, le long d'un sentier creusé par les sabots. Parce qu'un éohippus muet vint humer mon destin, les autres m'ont traité comme le prophète que l'on suit ; il faut un chœur pour élever un homme au rang de coryphée.

J'allais sans guide, entraînant ma tribu. Tous me suivaient sans jamais s'attarder ni se retourner. La route se noyait dans la poussière, nos corps inaccomplis avançaient lentement de l'aube à la tombée de la nuit, suivant le chemin tracé par le lit des torrents à sec. Aux confins des plaines arides, la figure usée par l'haleine rugueuse des vents ensablés, nous marchions dans les traces des gnous, des zèbres et des gazelles.

Nous savions que nous aurions toujours faim, que nous aurions toujours soif, et pourtant nous allions, car le parfum de la terre aspiré par l'azur nous invitait au voyage.

Ce soir la lumière me couve de sa douceur, je songe au goût d'un autre monde en observant le défilé horizontal des oiseaux blancs au cou si long. C'est la saison des grands départs. Demain, à l'aube, comme les volatiles se repèrent au soleil, les mammifères sabotés aux caprices des nuages, les poissons au ressac des lunes rondes, j'obéirai au cantique de mon destin.

⋆

Nous spéculons sur le mouvement
de la vie, et toujours ce vacillement
nous pousse au voyage.

DOUZIÈME CHANT

Mélopée

Je poussais de petits cris dans les sous-bois qui bordaient l'océan, à la recherche des œufs d'albatros. À quatre pattes, je grattais l'herbe haute pour débusquer un nid, lorsque j'ai cru entendre le vent gémir à travers le feuillage. Mon cœur s'est retourné, je ne reconnaissais pas ce chant. Un chant vaste et profond, comme un vol entre les vagues. Je me suis dirigée les oreilles en avant, guidée par les embruns, jusqu'à atteindre le bord de la falaise. C'est alors que j'ai vu, dans la crique en contrebas, se présenter sur la grève un corps sans fin bercé par la houle, un monstre marin gigantesque. C'était un mysticète ; une baleine à fanons.

L'animal était aussi haut qu'une montagne, si grand que je ne pouvais le couvrir du regard. Sur le promontoire abrupt je me tenais debout, minuscule, à la hauteur de son œil. Un œil rond et blanc comme une perle. Je suis restée en arrêt, envoûtée par le son si pur qui s'échappait de cette masse luisante refoulée par les eaux.

Elle contrôlait son chant en diffusant plus ou moins d'air à travers ses lèvres entrouvertes, alternant les vocalises avec des ronronnements d'une douloureuse tendresse.

Alors, de ce que je pensais être son ventre, surgit un petit baleineau. Le nouvel être ne mesurait pas moins de sept à huit mètres et tétait le lait qui s'échappait des glandes mammaires sur le flanc humide de la bête.

Parce que j'avais le cœur frêle, j'en fus si émue que je m'approchai jusqu'à sentir son haleine à la saveur de sel. La marée avait fait taire l'océan, seul résonnait l'écho de cette voix qui s'envolait jusqu'à moi.

À ce moment j'ai compris que le chant

était le chemin ; le seul terrain d'échange. J'ai ouvert les lèvres et une mélopée profonde s'est évadée de mon être, comme un torrent d'où coule la mélodie des songes.

Nous avons chanté longtemps, le fil de nos voix finissant par s'unir comme une source qui s'apaise. Aucune parole ne fut prononcée, juste une complainte expulsée des profondeurs du cœur. Car dans ce souffle enivré qui s'échappait de nos lèvres, il y avait l'expression d'un rêve inavoué.

Par le chant nous nous étions rejointes.

La marée a repris ses droits et l'océan a emporté la mère et son petit. Du haut de la falaise j'apercevais encore son œil sur fond de nuit ; j'ai cru l'entendre ronronner dans le ressac, comme un murmure qui s'éteint.

⋆

Parce qu'ils viennent combler un vide très ancien, tous les chants de la terre sont empreints de mélancolie.

TREIZIÈME CHANT

Augure

Capturés par une tribu nomade, nous fûmes arrachés à nos mères et jetés, nouveau-nés, du haut d'un précipice. Tous sont morts sous le choc de la roche, je suis le seul à avoir eu la vie sauve, et comme mes os avaient encore la mollesse d'un squelette inachevé, je n'ai souffert d'aucune fracture. La sidération m'a ôté pour toujours la parole ; de ma bouche ouverte ne s'échapperait plus ni cri ni lamentation. Une large blessure balafrait mon visage encore lisse.

Allongé sous les corps inertes, je contemplais le ballet des charognards aux ailes paresseuses dans la chaleur du soir. Avant que la nuit s'empare du ciel, ils se sont invités au carnage. Autour de moi, les petits êtres brisés ont été énucléés et dépecés par les mangeurs de mort. Quand est venu mon tour et que le maître des cieux s'est penché sur moi pour achever ses vêpres, j'ai tendu mes bras à la lune. Surpris par la vivacité de mon geste, le vautour au bec écarlate m'a enserré de ses doigts ridés et m'a emporté jusque dans son repaire.

J'ai été élevé dans les contreforts d'une montagne parmi les charognards, et parce que les enfants vautours sont des enfants sans père, ma mère adoptive a veillé à ma défense avec acharnement. Elle semblait liée par une secrète et noble promesse à ces bras tendus vers un monde qui n'était pas fait pour eux.

Comme elle m'emmenait sur son dos, je passais ma vie dans les nues, parcourant chaque jour des espaces immenses. J'étais si léger qu'elle s'élevait sans effort, voguant entre les courants d'air, si haut parfois que je côtoyais le soleil. Ensemble nous régnions sur les forêts, les lacs et les pics enneigés. À l'aplomb du monde j'ai appris à reconnaître l'élan, le phacochère, le renard et le loup.

Certains jours nous descendions, les ailes déployées, planant en cercles concentriques jusqu'aux bêtes immobiles. À sa suite je mangeais la mort pour assurer ma survie.

Même par gros temps, nous voguions dans l'azur. Je sentais la pluie qui tombait tout droit et glissait sur ma peau comme sur le plumage de mon destrier céleste. D'autres jours, le vent éclaircissait le ciel et fouettait mon visage, faisant jaillir des larmes. J'aimais boire la pluie chaude qui coulait sur mes joues. Nous volâmes longtemps, toujours silencieux, loin des bruits du monde.

Vint le jour où le vol se fit plus pesant et le jeune homme que j'étais devenu entendit l'oiseau lui dire : « Il faut rentrer chez toi. »

C'était un matin de tempête, les vents soufflaient des quatre coins. Dans un tourbillon d'étoiles, ils m'ont vu descendre du ciel à cheval sur l'oiseau. Je me suis avancé vers eux, le visage balafré, un collier de plumes autour du cou. Bien que je n'aie pu prononcer aucune parole, ils ont su que je revenais de l'autre monde. Ils m'ont reconnu comme le porteur d'âmes, le premier chamane.

J'ai vécu seul, sans femme, sur la tour du silence, célébrant les rites funéraires. J'offrais le corps des miens aux êtres frères.

Les nuits d'orage, le tonnerre venait à moi en pleurant. Au milieu des éclairs, je dansais coiffé d'une tête de vautour blanc. Avec le foie d'un élan, je m'étais fabriqué une vulve, avec les rognons d'un cerf une paire de seins. J'invoquais par ma danse la maîtresse du ciel qui perpétue le cycle de la vie

je dansais pour retrouver ses ailes
je dansais pour retrouver son esprit
je dansais pour retrouver la voie
je dansais pour appeler les éclairs,
car seul l'homme frappé par le feu du ciel peut aller rejoindre l'oiseau tonnerre.

*

Chacun de nous possède
un oiseau sombre au-dessus de la tête.
Il voit ce que nous ne pouvons voir
dans l'interprétation de nous-mêmes.

QUATORZIÈME CHANT

Feu

Les lémuriens sont les guetteurs du monde ; toujours sur le qui-vive, ils furent les premiers à donner l'alerte. Les animaux anciens avaient appris à redouter la colère des abîmes, tous se mirent à fuir la montagne, même les oiseaux en désordre désertèrent l'altitude. Nous avons suivi l'échappée sans savoir, et trouvé refuge dans une grotte enclavée sur le flanc d'une falaise. Au fond de la cavité, encerclés par les ténèbres, tous ceux de mon clan se sont blottis les uns contre les autres, les mains sur la nuque, terrifiés à l'idée de voir ou d'entendre. Moi, parce que j'avais l'âme intrépide, je me tenais debout, ma lance de hêtre à la main dans l'entrée de la grotte.

Depuis ce promontoire suspendu dans les entrailles de la roche, je faisais face à l'écho du monde.

Cela a commencé par un grondement sourd et rauque, comme une mer déchaînée. La montagne était agitée de soubresauts, elle hurlait sa douleur, et par sa bouche vomissait sa peine. Des vagues de sang jaillissaient du sommet et retombaient en écume incandescente, dévalant les pentes arborées, figeant les êtres lents pour l'éternité.

Pour repousser ma peur, j'avais pris mes appuis, arquée sur mes jambes, et armé mon bras dans un geste de défi. En contrebas j'ai vu un jeune gnou rattrapé par la forêt en feu. Les flammes s'élevaient jusqu'à brûler son ombre. Le ciel noir crachait des constellations fulgurantes.

Le spectacle était grandiose. Terrifiant.

Seule face à ce cataclysme, je fus traversée par un élan nouveau. En moi étaient le vol invisible de l'aigle, la force intraitable de la lionne. En moi je sentais la présence sereine de mon royaume. La montagne venait de m'adouber ; je serais la maîtresse des vivants.

Je suis restée ainsi, debout, immobile, devant la nuit ardente qui peu à peu s'assombrissait.

Au matin, je suis descendue dans la vallée habitée par le silence. Du ciel bas s'échappait une pluie de cendres qui, après avoir dansé dans l'air épais, se déposaient dans la plaine et recouvraient toute promesse de vie. Des racines jusqu'aux plus hautes branches, rien n'avait survécu aux brûlures de l'enfer. Entre les arbres calcinés marchait un cheval en feu, il s'est avancé vers moi en titubant, la peau roussie, le corps fumant, hagard et fourbu. De sa crinière jaillissaient des flammes. Il s'est échoué à mes pieds. Son souffle n'était plus que lamentation, il implorait la mort sans la craindre. J'ai armé mon bras et j'ai planté mon pieu dans sa poitrine offerte. J'ai percé la chair jusqu'à dessiner une étoile de sang sur son cœur. L'animal eut pour moi un regard d'adieu.

Alors que j'essuyais ma lance écarlate

sur son encolure, des flammèches ont fait crépiter le sang chaud. Elles se sont enroulées autour de la pointe de hêtre pour former une flamme sûre et stable. En dressant ma lance vers le ciel, j'ai compris que je possédais le feu.

De retour à la grotte j'ai offert en partage la survivance du flambeau et la chair cuite, que nous trouvâmes à notre goût.

⋆

Assis autour des flammes,
unis sous les étoiles,
nous rendons grâce à l'animal
qui nous offrit la vie.

QUINZIÈME CHANT

Empreinte

Je ne bougeais pas. Le moindre tremblement contraire à celui des feuillages qui me dissimulaient aurait révélé ma présence. Tapi comme une ombre, invisible, sans sourciller, je respirais doucement, mêlant mon souffle à la brise qui caressait mon visage et charriait mon odeur derrière moi. Il me fallait maintenir l'animal à la portée de mon regard pour m'imprégner de la courbe de son garrot, de la chute de ses crins, de la césure de ses oreilles. Mais au moment où je croyais tenir l'éternité dans la beauté sauvage de son œil, il s'évanouissait, emportant son mystère. Tant de choses s'échappent de notre souvenir quand la poussière levée par les sabots retombe.

Tout juste ai-je pu capter l'ondulation de son dos dans sa course hors d'atteinte.

Enfant déjà, j'étais attiré par la beauté furtive des créatures sauvages. J'ai vite compris que jamais je ne pourrais rivaliser avec elles par la vitesse, la puissance et la noblesse. J'enviais leur existence sans partage. Parce que je ne voulais pas les combattre, que ce soit pour m'en défendre ou me nourrir, j'ai été banni de ma tribu. Je vivais solitaire, me nourrissant de plantes et de fruits, scrutant les bêtes pendant que la terre accouchait des saisons. Les faire entrer dans ma mémoire était une façon de les apprivoiser.

L'hiver, quand dehors tout était immobile, que le sol comme la terre semblaient saisis d'une froideur éternelle, je faisais renaître le feu au fond de ma grotte. Assis devant les flammes qui crépitaient comme l'écho d'un sanctuaire, des morceaux de bois calcinés disposés autour de moi, je buvais ma mixture de plantes aphrodisiaques et de champignons broyés mêlés à l'eau de mes urines. Je tentais de rappeler à moi l'éclat de l'étoile sur le front d'un chacal, le regard figé de l'antilope aux abois ou le geste muet du rhinocéros qui éloigne une aigrette trop familière.

Puis je fermais les yeux et m'endormais. Il fallait quelques heures pour que survienne l'ardente métamorphose.

Soudain mes muscles se contractaient, je vomissais, mon corps était pris de convulsions. Je m'enroulais sur le sol comme un serpent dans l'herbe. Une danse très lente s'emparait de moi, comme une voix qui chante à l'intérieur. Je me dressais, les paupières closes. Ma peau devenait une fourrure plus douce que celle du coyote. De fureur je secouais ma crinière. Mes reins étaient pleins de force, je grattais du sabot. Ma queue fouettait mon dos. Mes yeux s'ouvraient enfin, j'entrais en matière.

Mon bois brûlé à la main je léchais, flairais, caressais la pierre. Quand la saillie de la roche me disait la ligne d'un dos, je figurais l'échine d'un félin puis une autre en résonance. À l'abri d'une excavation naissait un troupeau de buffles et là, une antilope. Enfiévré, je dessinais tout un bestiaire sorti de ma mémoire, et la grotte entière se mettait à danser à la lueur du feu.

Avant de m'écrouler, épuisé, je voyais, délivrée de la roche par les contorsions des flammes, l'ombre des chevaux s'élancer au galop et s'offrir au souffle qui passe.

Cette année-là, à la sortie de l'hiver, un ours a pénétré la grotte. Il m'a surpris hébété marchant à quatre pattes. Il s'est jeté sur moi, et après m'avoir arraché la tête, s'en est repu, puis il a affûté ses griffes sur les fresques pour que nul ne puisse déchiffrer l'histoire de ce deuil inconsolé.

⋆

Nous ramenons à nous
ce que nous voulons immortel.

SEIZIÈME CHANT

Champ d'honneur

Après les avoir pistés depuis l'horizon jusqu'aux vallons embrumés, nous les avons devancés et nous sommes embusqués, à l'affût, le long d'une clairière propice. Pieds nus dans la pluie des fougères, sous les étoiles engourdies de l'aurore, nos corps tendus à l'unisson, entre regards et silences, nous faisions connivence dans l'attente qui précède le combat.

Les guerres de clans étaient le ciment de notre existence. Nous protégions notre territoire, mobilisant nos forces sur l'action, car nos fratries s'alimentaient de sentiments barbares. Même notre mort était à conquérir.

Nous nous étions nommés, car il fallait

un nom pour aller à la guerre. J'étais leur chef, Agar était mon nom, né parmi les fauves j'allais souvent accompagné d'une lionne taciturne.

Se battre était pour moi la plus exaltante des jouissances, aussi quand l'ennemi a débouché en contrebas du cercle naturel, j'ai été le premier à m'élancer pour engager le combat. Mon bras armé s'est abattu sans remords, éclaboussant l'air de frayeur et de sang. Une douleur sauvage s'est emparée de mon esprit, il me fallait tuer pour jouir et libérer mes tourments. Je hurlais en frappant et débitais les corps sans voir mon propre spectre dans les yeux épouvantés de mes victimes. Mon ardeur était telle qu'elle transcendait ceux de ma horde, décuplant leurs forces et leur acharnement. Dans l'extase des combats, même le ciel devenait écarlate.

Après la victoire, nous avons exulté, humant le parfum des corps éventrés, essuyant d'un revers de bras la sueur sanglante qui perlait sur nos visages. Alors d'un rugissement, j'ai convoqué les lions pour achever le carnage.

Pendant que j'errais parmi les formes poisseuses abandonnées à l'appétit séculaire des fauves, une étrange mélancolie s'est emparée de mon être. La pulsion qui m'avait élevé très haut au-dessus de moi-même me laissait désormais sans joie.

Comme un orage qui s'éloigne, je m'en suis allé résigné en attendant la prochaine bataille ; ma lionne toujours silencieuse m'accompagnait à distance.

⋆

Parce que nous avons
soif d'affrontement plus encore
que de victoire, nous célébrons la guerre
comme une fête très ancienne.

DIX-SEPTIÈME CHANT

Centaure

En naissant sous la lune rousse, je suis tombée sans voix, à quatre pattes, les membres fléchis, appuyée sur mes doigts recourbés. Comme j'étais muette et que je ne pouvais entendre, ils ne m'ont pas nommée.

Terrée dans les coins, j'écoutais mon corps et ne supportais pas qu'on me touche. La nuit, seule avec moi-même, je n'enlaçais que mes genoux. Le jour, j'errais comme un miroir brisé ne regardant personne. Parfois je me mettais à suivre mes traces et tournais en rond dans un mouvement sans fin. Le feu m'effrayait. Je ne comprenais pas pourquoi, avec l'aide du soleil et des pluies, les hommes ordonnaient à la terre d'enfanter. Mes yeux s'agitaient comme des lucioles égarées lorsque j'observais derrière l'enclos les animaux soumis se reproduire sans passion.

Ce que j'aimais, c'était m'enfuir vers d'autres espaces, là où l'air et l'eau vibrent comme une langue natale. Je voulais être comme ce farouche animal qui se laisse tremper par la pluie, cingler par les vents et qui hume le brouillard du petit matin. Je l'observais en cachette, les songes ouverts, étancher sa soif dans le ruisseau, sa robe fumante dans les rayons de l'aube.

Un matin, la brume s'est soulevée si vite qu'elle m'a découverte. En m'apercevant, il chauvit des oreilles et de tout son corps en alerte. Nous nous sommes trouvés face à face, pétrifiés, muets, comme deux naufragés.

Il fit le premier pas.

Nous nous sommes rapprochés peu à peu, mus par la voie du silence. Lorsque nous fûmes souffle contre souffle, j'ai levé grand mes paupières pour la première fois et, avec une infinie douceur, il m'a invitée sur son dos. Mon esprit tourmenté a épousé ce qui tremble. J'y ai trouvé mon refuge.

À travers l'air des coteaux et la senteur de l'herbe au galop, nous nous sommes perdus dans l'autre monde, franchissant une à une les couches de la nuit, fouettés par les rayons d'une lune sans tache.

Quand les hommes ont vu apparaître ce corps aux deux visages qui semblait porter le ciel et la terre, ils n'ont pu faire taire les cris de leurs chiens et ont cru à l'union contre nature de deux âmes envoûtées sorties de leur exil.

*

Le centaure nous interroge ;
nous sommes certainement
l'un des deux.

DIX-HUITIÈME CHANT

Sacrifice

Cette nuit-là, j'ai été habité par un rêve très ancien ; mon traîneau glissait entre les conifères. J'allais seul dans la taïga, suivant le cours d'eau qui chantait sous la glace. Mes yeux captaient sans ciller. Ce tronc moussu, le mélèze couché à fleur de neige, ce ravin qu'il fallait contourner, tout m'était familier. Je guettais les signes, cherchant à débusquer l'invisible, une présence évanouie, l'intuition d'un passage. Il faisait froid et le vent emportait mes pas sous la lune blanche. J'avais faim de viande, faim de viande fraîche et sauvage. Faim de gibier que l'on chasse, que l'on tue, que l'on dépèce et partage avec les siens. Si la chance me souriait et qu'un élan s'offrait à moi, j'envelopperais son cœur et son foie dans sa panse et l'offrirais aux Esprits de la forêt.

Je suis sorti de mon rêve à regret, comme on quitte sa jeunesse en sachant que ce qui a été vécu ne sera pas revécu. J'avais abandonné la forêt pour la vallée, de chasseur j'étais devenu éleveur.

En ouvrant les yeux, j'ai dû prendre appui sur le muret de pierre qui cernait l'enclos. Je suis tombé à genoux et j'ai détourné la face ; c'était mon tour de garde, mais je m'étais assoupi et maintenant mon cœur débordait de n'avoir pas protégé ceux que j'avais fait naître. Mes trente-trois mouflons dormaient sur le flanc comme des rochers polis sur la terre brûlée de sang. À l'abri du jour ils étaient morts, égorgés par un loup de Tasmanie. Ils reposaient, le corps inerte, la gorge béante, la tête tournée vers le ciel, les yeux encore ouverts d'avoir voulu jeter un dernier regard à leur bourreau et partager avec lui l'offrande de leur mort.

Mon chien imbécile, excité par l'odeur

du carnage, a voulu s'approcher pour se repaître de leur chair. D'un jet de pierre aiguë dans le cortex, je l'ai tué net ; le laisser profaner leurs corps eût été nier ce qui les reliait au monde de leurs ancêtres. Car ce n'était pas une chasse, mais bien un sacrifice ; un rappel à l'ordre des choses : le loup en exécutant proprement ses victimes leur avait redonné leur fierté oubliée. Celle d'un temps vertueux où la nature leur imposait d'assumer leur rôle dans l'aventure sauvage de la vie. La terre en absorbant leur sang les gardait en souvenance.

C'est alors qu'en levant la tête je l'ai aperçu, juste là, sur une roche surplombant l'enclos. Échancré comme un fantôme, il se découpait sur la lune ronde, et dans la pâleur de l'aube endormie j'ai vu ses yeux terribles. Des yeux glaçants, sans haine, des yeux à la froideur de roc.

Rien ne pouvait consoler ma colère et ma peine, pourtant ma raison a chancelé devant tant de grandeur.

Les larmes me sont venues sans que je cherche à les retenir, elles se sont dirigées vers ma bouche encore ouverte de stupeur. Je les ai bues comme j'avais bu le sang de tous les êtres que j'avais fait naître.

*

Le silence des bêtes nous rappelle
à l'ordre du monde.

DIX-NEUVIÈME CHANT

Sibylle

Dans l'effroi d'une éclipse, je suis venue au monde comme une aveugle. J'avais un regard de lune, une peau d'ivoire et des cheveux blancs de neige. En me découvrant albinos, toute la tribu m'a reconnue comme une voyante.

Pour me protéger le jour des assauts du soleil, ils m'ont creusé dans les fondations de la terre une cahute recouverte de feuilles d'érable cousues entre elles. Son toit possédait un orifice pour évacuer les humeurs du feu. Quand l'obscurité tendait sa toile, je pouvais observer le voyage des étoiles et le mouvement de la lune. Lorsque le dragon noir mordait dans la rondeur de l'astre, je tentais de l'éloigner d'une flèche tirée à travers la bouche de ciel avec un petit arc de bois rouge que je m'étais confectionné.

Une nuit sans étoiles, la lune se trouva esseulée et le monstre la couvrit entièrement. Agitée par les réminiscences de mon apparition dans le secret de cette obscurité, j'ai lancé des cris, aigus comme les flèches que j'ai décochées droit au cœur du violeur de lune. La bête s'est effacée, libérant l'astre, qui a réapparu souverain, me baignant de sa lumière. Depuis ce jour, j'ai été crainte autant que vénérée pour mes pouvoirs magiques.

Au printemps, la pluie frappait la peau feuillue de mon toit, appelant mon plexus, mon ventre, mon sexe et mon corps tout entier. Les esprits me chevauchaient, je m'ouvrais aux visions. Apparaissait mon grand-père, qui, au cœur des ténèbres, sous une pluie de résine, affrontait ses démons. La chauve-souris de la mort lui ôtait la tête, les dindons ventriloques lui mangeaient la chair et le hibou sorcier lui broyait les os. Ahurie, je m'endormais, enfouie sous les feuilles.

Je m'éveillais la nuit et sortais en cachette

pour recueillir les restes des animaux morts. Je les accumulais pour me vêtir des lambeaux de leur peau cousus en guise d'épousailles et pour orner de leur crâne ou de leur mâchoire les statuettes de bois sculpté que j'enlaçais de crins tressés.

Une fois que j'avais terminé, je les fichais sur des pieux disposés tout autour de ma hutte. Les statues d'os et de bois, dont la forme ressemblait plus à une âme qu'à un corps, assuraient ma protection.

Peu à peu les hommes ont reconnu le pouvoir de mes talismans. Ils voyaient dans ces assemblages de corps durables un moyen d'arracher au temps un regain de survie. Ils ont attribué aux cadavres le pouvoir de calmer leurs douleurs ancestrales.

Les cornes de buffle assuraient force et succès.

La mâchoire de python, calme et bien-être.

Les dents d'hippopotame rendaient invisibles.

Le caméléon changeait le cours de la vie.

Quant au pangolin, il protégeait des

blessures, et la chauve-souris des maux d'estomac.

Avec le temps, les hommes se sont abandonnés aux rites cruels et se sont mis à croire aux pouvoirs du sacrifice. Il leur fallait détruire ce qu'ils avaient consacré.

Cette nuit-là, il fait froid. Les hommes dominés par la peur font irruption dans mon palais de tourbe. Ils me tranchent les artères, m'amputent les membres, me fouillent la chair pour en extraire le cœur. Puis ils s'enfuient, abandonnant mon corps de lait dans une mare de sang.

Seule dans la nuit noire, si noire que même les étoiles ne la traversent plus, les yeux ouverts, la tête empalée sur un pieu, j'implore la lune de s'ouvrir en silence et d'être ma confidente.

⋆

Esclaves de nos angoisses,
nous cherchons à retrouver l'intimité
perdue d'avec le monde sauvage.

VINGTIÈME CHANT

Sauvagerie

Je suis apparu au cœur de l'hiver, vêtu de bure et de boue, pieds nus sur la neige ondulée. Hésitant, maladroit, je suivais mon ombre sur la soie blanche à travers le village en émoi. Tous ont noté que j'avais la peau noire et que je tenais dans ma bouche le corps d'un oiseau sans tête. Les chiens en m'apercevant se détournaient, la queue basse et l'échine ployée.

Les hommes-médecine m'ont interrogé, jamais je n'ai pu faire l'aveu de ma naissance. Quand bien même l'aurais-je pu, je ne savais ni parler, ni lire, ni écrire.

Ma connaissance des hommes était déterminée par la crainte. Je ne les reconnaissais pas comme mes semblables. Lorsqu'ils s'adressaient à moi, que ce soit par le geste ou la parole, j'inclinais la tête vers le sol et me couvrais la nuque de mes mains. Quand je les regardais, je voyais des bêtes à moitié formées. Leurs faces rugueuses et animées me terrifiaient.

Tous au village se sont dévoués pour m'apprendre les manières et les mots. Je restais obtus et réfractaire, il n'y avait chez moi aucun désir de métamorphose, seulement de la solitude.

Mon passe-temps favori consistait à répandre des miettes autour de moi et attendre comme une pierre qu'un oiseau vienne s'en repaître. Alors, à la vitesse d'un éclair, je saisissais le volatile pour lui tordre le cou. Je disposais ensuite les cadavres pour qu'ils prennent devant moi des pauses immortelles.

Un jour, un enfant tout petit a voulu s'emparer d'un de mes oiseaux. Je lui ai bondi dessus et sans le moindre remords lui ai retourné la tête. Devant les cris de la mère et sans comprendre son désarroi, je me suis enfui à travers bois.

Une grande chasse fut ordonnée dans un esprit de justice.

Mes jambes cisaillaient la nuit dans une course haletante pendant qu'une cavalerie d'étoiles – rabatteurs torches au poing – affolait les sangliers, les loirs et les quadrupèdes encornés. Au bout de sa trajectoire, une flèche dans ma cuisse m'immobilisa au bord du lac.

Il y eut un procès.

On feuilleta les annales à la recherche des plus célèbres postures infâmes. On rappela même le procès de la truie de Falaise, mais mes défenseurs arguèrent que l'on ne pouvait faire cas de cette tragédie : « La truie, condamnée à la pendaison pour avoir dévoré une enfant, reste un animal. Alors que cet être, tout noir qu'il soit, et bien que n'étant pas doté de la parole, semble appartenir à la famille des humains et, à ce titre, doit bien posséder une âme ! »

L'autre partie, pour décrire cette aberration humaine, ne put que la rapprocher d'un comportement bestial, parlant même d'une forme d'« aliénation animalisante ». Il était clair pour eux que chaque espèce n'obéissait qu'à son instinct.

D'autres prétendirent que j'étais habité par une force diabolique : « Après tout, que cherchait-il dans ses jeux macabres, si ce n'est à domestiquer la mort ! »

Indifférent aux plaidoiries, je restais tourné vers le dedans, les mains sur la nuque, dans un silence mutilé. À l'énoncé du verdict, on me redressa la tête, dévoilant l'envergure de mon regard béant. Je fus condamné à rester enfermé dans la tour sombre pour le restant de mes jours.

Des cris noirs dans la nuit, voilà ce qu'entendit longtemps le geôlier de la tour, non pas des gémissements, mais des cris. Des cris qui n'imitaient rien, ne menaçaient rien. Des cris qui n'étaient que l'affirmation de soi-même. Une nuit, sans plainte ni sarcasme, mon cri s'est éteint.

⋆

Nous sommes tous des bêtes tourmentées
qui errent dans la nuit.

VINGT ET UNIÈME CHANT

Semaison

Labour d'été, labour d'hiver, labour d'automne et de printemps – procession inexorable ; jour après jour, courbé sous le soleil ou la drache, le corps endurci par la peine, je pourfendais la glèbe à la vigueur de mes chevaux.

De mon père, qui le savait de son père avant lui, j'avais appris à tâter le pouls de la terre. La terre lourde, gonflée au printemps, qui réclame les semences, la terre grasse qui colle au pied qui la foule, la terre froide travaillée par les vents ou celle, humide, qui accueille les herbes hautes.

Je labourais au brabant avec trois juments grises attelées de front.

« Tio La Fer ! Tio La Pommelée ! Tio

L'Étourneau ! », c'est ainsi que je les citais, sans fouet, juste à la voix. Plus que par leur tête au chanfrein plat, je les connaissais par leur cul.

La Fer avait une croupe large et puissante avec une queue touffue, attachée haut. La Pommelée, une double aux muscles épais et la queue bien implantée, alors que L'Étourneau affichait des fesses longues et droites, sa queue courte prolongeant son rein. Suivre le défilé de ces arrière-mains bien rangées au champ d'honneur me réjouissait toujours.

Sur le timon de bois, entre deux oreillons, j'avais fixé un soc qui, lorsque je ployais sur le manche, découpait la terre et la rejetait de part et d'autre. Claquant des ailes en suspension, les corbeaux guettaient les vers et les larves dans les mottes éclatées. Écrasé au passage, le tuf raboteux exhalait une poussière de coquillage qui virevoltait pour se coller à la sueur blanchâtre qui gouttait entre les cuisses des bêtes.

Quand l'une des grises levait la queue

et par son anus dilaté expulsait l'odorante fumure d'un crottin, l'autre, profitant de la courte pause, laissait entrevoir la chair rosâtre de sa vulve pour abreuver le sillon d'un jet puissant et mousseux. La troisième comme par entraînement campait ses jarrets et se soulageait aussitôt. L'odeur âcre était absorbée par la terre entrouverte.

« Allez hue les tiots ! Huue ! »

Le fracas d'un pet accompagnait l'effort de l'arrache et venait enrichir encore la senteur de la sueur du labour. Alignés dans les sillons, nous portions des promesses sous l'empreinte de nos pas.

Un soir de printemps, peut-être inspiré par les constellations naissantes ou excité par la rondeur des lunes que j'avais suivies tout le jour, j'ai voulu pénétrer le cœur de la terre. Après avoir nourri mes chevaux à l'attache et fait brûler du cèdre dans l'étable pour chasser les serpents et les tiques, j'ai ôté mes vêtements et suis retourné nu dans le champ. À genoux parmi les mottes noires et friables, j'ai enfoncé mes bras comme des racines. Il me fallait extraire le sang des tréfonds, celui des mulots et des taupes aveugles ; préparer le corps terrestre à recevoir la fumure humaine. J'ai imploré la lune d'appeler mon sexe à se dresser vers elle et me suis allongé face à la glaise dans la fosse que j'avais creusée de mes mains. Je voulais être en elle comme le poisson dans l'eau et l'oiseau dans le ciel, la sentir m'enlacer et m'entraîner dans les profondeurs. En pénétrant la chair brunâtre, ses veines d'eau et son odeur de bête, les artères en fusion, j'ai expulsé mon sperme comme une lave interne. Voyage originel, corps à corps atomique dans un volcan inversé, durant le bref instant de ce coït terrestre j'ai cru m'approprier l'éternité du monde.

Maintenant, aspiré, épuisé, je n'étais plus que cendre au cœur des ténèbres.

Dans la fraîcheur de l'aube, alors que le soleil commençait à boire la rosée, je rechignais encore à m'arracher à la terre. Quand les nuages sont apparus, je me suis élevé comme une poterie humaine et l'arrivée de la pluie a révélé mon visage.

Violer la mère nourricière et laisser en elle ma semence était la preuve de mon accomplissement. J'avais trouvé un refuge à mon astreinte volontaire ; à mes enfants à naître j'apprendrais à renverser la forêt, arracher les racines profondes, incendier les champs stériles, semer dans les rondeurs de la lune. Je leur transmettrais le savoir pour obliger la terre.

*

Avoir asservi la terre et ordonné
le vivant ne fait-il pas de nous
les maîtres du monde ?

VINGT-DEUXIÈME CHANT

Dernier voyage

C'est une aube navrante, embaumée de tristesse et de torpeur pleurnicharde. Je l'ai accueillie sans regret ni joie, comme l'accomplissement inéluctable d'une nuit blanche et longue d'avoir attendu en vain, allongé face contre terre, la délivrance du sommeil. Muet et aveugle, j'ai écouté la voix d'en bas, celle des racines qui plongent dans la mer solide, celle médiane du vent glacé qui fait frémir les blés et celle très haute du tonnerre qui résonne dans le nuage obscur. Et puis mes oreilles se sont emplies de l'écho du silence, interrompu seulement par la musique de l'oiseau noir aux yeux morts qui agite ses éventails et fait courir dans l'air des vagues ondulantes.

J'ai vécu sans répit, trop occupé à revendiquer la face humaine qui tyrannisait mon existence. Avide de victoires pour ignorer la honte et la vieillesse stérile, je n'ai pas su écouter le monde qui, dans sa miséricorde, m'invitait à me quitter moi-même.

Les vents changent et les humeurs s'envolent.

La pluie est passée ainsi que l'oiseau.

Éléphant à genoux, licorne debout, cheval ensellé, guépard alangui ou chien errant; jamais je n'ai vraiment su quel animal j'étais. Je me souviens d'avoir cherché le soleil à travers les nattes de bois souple. Dans la lumière frémissante une femme pâle a pris dans ses mains ma tête abandonnée, et mes paupières se sont retournées.

Voilà l'arc-en-ciel et le cri victorieux du corbeau.

«Juste un homme et deux yeux», pensai-je. Au crépuscule, irradié de douceur, j'ai su bien mourir en prenant tout mon temps.

*

Abandonner notre désir de vie
et faire de la mort l'issue volontaire
reste le privilège des hommes.

Prologue 11

Premier chant
Naissance 13

Deuxième chant
Corps à corps 15

Troisième chant
Offrande 17

Quatrième chant
Union 19

Cinquième chant
Métamorphose 23

Sixième chant
Élévation 27

Septième chant
Sommets 31

Huitième chant
Résurrection 37

Neuvième chant
Sacre 41

Dixième chant
Logorrhée 47

Onzième chant
Transhumance 51

Douzième chant
Mélopée 53

Treizième chant
Augure 57

Quatorzième chant
Feu 63

Quinzième chant
Empreinte 67

Seizième chant
Champ d'honneur 71

Dix-septième chant
Centaure 75

Dix-huitième chant
Sacrifice 79

Dix-neuvième chant
Sibylle 83

Vingtième chant
Sauvagerie 87

Vingt et unième chant
Semaison 93

Vingt-deuxième chant
Dernier voyage 99

Composition : Soft Office
Achevé d'imprimer sur Timson
par Normandie Roto Impression s.a.s.
61250 Lonrai, en mars 2022
Dépôt légal : mars 2022
Premier dépôt légal : février 2022
Numéro d'imprimeur : 2201341

ISBN 978-2-07-294841-1 / *Imprimé en France*

544832